D1412595

Grace Comes at Christmas

Gracia Viene en la Navidad

By M. J. McCluskey

To Adelina from TJ! Christmas 2020
May all your days be GRACE-filled!
M. J. McCluskey
2020

Translated by Savannah Ashley Sullivan
Illustrated by: Sierra Mon Ann Vidal

Balboa Press books may be ordered through booksellers or by contacting:

Balboa Press
A Division of Hay House
1663 Liberty Drive
Bloomington, IN 47403
www.balboapress.com
1 (877) 407-4847

ISBN: 978-1-5043-9879-4 (sc)
ISBN: 978-1-5043-9880-0 (e)
ISBN: 978-1-9822-0485-3 (hc)

Library of Congress Control Number: 2018902483

Printed in the United States of America.

Balboa Press rev. date: 05/18/2018

BALBOA.
PRESS
A DIVISION OF HAY HOUSE

It's a dark and bitterly cold December night. A light rain is falling; the kind of rain that chills to the bone and makes you want to stay inside.

C-R-A-C-K! A clap of thunder, followed by lightning, splits the night sky.

Wait. What is that? Over there, just underneath the bush? Did you see something?

Es una sombría, amarga y fría noche de diciembre. Una llovizna está cayendo, del tipo que da escalofríos y te hace querer permanecer adentro.

¡CRACK! Un estruendo, seguido de un relámpago, divide el cielo nocturno.

Espere. ¿Qué es eso? Por allá, justo debajo del arbusto ¿Viste algo?

C-R-A-C-K! Another clap of thunder is followed by more lightning, exploding light through the darkness of the sky.

Yes, I'm sure there is something under the bush.

The little kitten is cold and wet. The thunder and lightning scare her. She shrinks further back, seeking protection from the branches of the bush. She hopes that she will find a bit of warmth and shelter.

¡CRACK! Otro trueno, seguido de un relámpago, resplandece el sombrío cielo nocturno.

Sí, estoy seguro de que hay algo debajo del arbusto.

La gatita está fría y empapada. El trueno y el relámpago la aterrorizan. Ella se pliega hacia atrás buscando protección en las ramas del arbusto, esperando encontrar un poco de calidez y refugio.

She doesn't know why she is here, or how she got to this place on such a cold night. She definitely doesn't like it! All she knows is the fact that she is here, under a bush on a dark, freezing night.

She starts to cry.

It doesn't take long until the little kitten has cried herself into being very sad and very lonely.

Ella no sabe por qué está aquí, ni cómo llegó a este lugar en una noche tan fría. ¡Definitivamente no le gusta! La única certeza que tiene es que está aquí, debajo de un arbusto en una noche oscura y helada.

Ella comienza a sollozar.

Desahuciada y taciturna, la gatita ha llorado hasta el cansancio.

C-R-A-C-K! Another clap of thunder! The rain turns into snowflakes. Whatever was the little kitten going to do? She is so cold and miserable.

Wait! What is that?

Did the little kitten see something? Yes, there it is! A soft light at the top of a hill not far away seems to be calling her to come near.

¡CRACK! ¡Otro estruendo! La lluvia se convierte en copos de nieve. ¿Qué va a hacer la gatita? Ella se encuentra agobiada y helada.

¡Espere! ¿Qué es eso?

¿La gatita vio algo? ¡Sí, ahí está! Una luz tenue en la cima de una colina, no muy lejos, parece estar llamándola para que se acerque.

Then, she hears something, something soft. Too soft and far away to know what it could be.

She thinks for a minute. "Maybe I can get closer. If I go there, maybe I can get warm," she says to herself.

Slowly she starts to move. It is hard to push the branches aside to get out from under the bush. She pushes and she pushes and she pushes. Finally, she slips under the last branch and she is free! She can see that she is in a field at the bottom of the hill.

Luego, ella percibe algo. Es un sonido sordo, demasiado taciturno y lejano como para saber qué podría ser.

Ella delibera por un minuto. "Tal vez pueda acercarme. Si voy allí, tal vez pueda calentarme", se dice a sí misma.

Lentamente ella comienza a moverse. Es difícil empujar las ramas para salir de debajo del arbusto. Empuja, empuja y empuja. Finalmente, se desliza bajo la última rama y ¡está libre! puede ver que está en un campo al pie de la colina.

There is definitely a light at the top of the hill. And those sounds? They seem to be sounds of music coming from where the light is. "That's where I need to go!" she knows as surely as she knows that she is cold and wet.

With much determination, she takes the first step to climb the hill. It is still snowing, and the little kitten slips. With the next step, she slips again and slides backwards. She knows that she needs to keep moving. Something inside her tells her that there is only good where the light is.

Definitivamente hay una luz en la cima de la colina. ¿Y esos sonidos? Parecen ser melodías provenientes de donde está la luz. "¡Ahí es donde tengo que ir!" La gatita está convencida de esto, tanto como que está empapada y fría.

Con mucha determinación, da el primer paso para trepar la colina. Todavía está nevando, y la gatita se resbala. Con el siguiente paso, se resbala otra vez deslizándose hacia atrás. Sabe que necesita seguir moviéndose. Algo dentro de ella le dice que solo hay bondad en donde está la luz.

"Oh, but it is so cold and dark," she starts to think. "NO! I can't think like that," she firmly tells herself.

Suddenly, she hears a small voice. "You can do it. Soon you will be warm and you will have a new name." She looks around, but no one is there.

"A new name? Why, having a name at all will be wonderful!" she says to herself. She puts her head down, and keeps moving up the hill.

"Oh, pero hace tanto frío y está tan oscuro", comienza a pensar. "¡NO! No puedo pensar así", se dice firmemente a sí misma.

De repente, escucha una pequeña voz. "Puedes hacerlo. Pronto estarás cálida y tendrás un nuevo nombre." Mira a su alrededor, pero no hay nadie allí.

"¿Un nuevo nombre? ¡Tener un nombre será maravilloso!", Se dice a sí misma. Ella baja la cabeza y sigue subiendo la colina.

Finally, she is at the top of the hill and then she looks up.

There is a BIG building in front of her. A big red brick building with a door that's open, letting light spill out to brighten the night. Carefully, she creeps to the door and tiptoes inside.

Finalmente, está en la cima de la colina y luego mira hacia arriba.

Hay un GRAN edificio de ladrillos rojos frente a ella. En él, hay una puerta abierta que permite que la luz irradie hacia fuera alegrando la noche. Cuidadosamente, la gatita se arrastra hacia la puerta y entra de puntillas en el edificio.

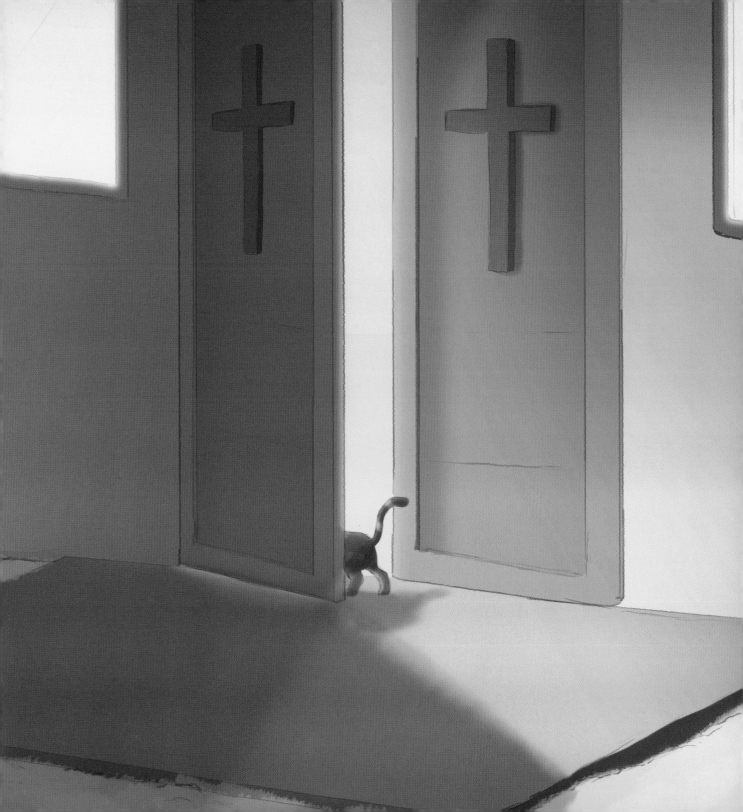

In front of her she sees something that she can't turn away from. It's a tree! But it's not a tree like any that she has seen before. The branches aren't like the cold, wet ones she hid under only a little while ago. They look warm and very soft. Even more inviting than the branches are the lights that cover the tree. There are lots and lots of bright lights of every color! The little kitten's eyes grow wide as she looks up and up to the top. There at the top of the tree is a shining star. It is the same kind of star that sits on the top of the building, and it's the same kind of star that she had been following as she climbed up the hill.

Frente a ella, ve algo de lo que no puede apartarse. ¡Es un árbol! Pero no es un árbol como ninguno que haya visto antes. No son como las frías y húmedas en las que se escondió hace poco tiempo. Se ven cálidas y suaves. Más atractivas que las ramas son las luces que cubren el árbol. ¡Hay muchísimas luces de colores brillantes! Las pupilas de la gatita se dilatan mientras sigue mirando hacia arriba y más arriba. Allí, en la cima del árbol, hay una estrella brillante. Es el mismo tipo de estrella que se encuentra en la parte superior del edificio, y es el mismo tipo de estrella que ella había estado siguiendo mientras subía la colina.

The little kitten turns and finds herself staring at many people sitting and looking to the front of the building. All of the people surprise her and scare her a little.

She knows that she needs to get to the tree. So, she stays close to the wall and slowly begins to inch forward until she is near the tree.

A sound begins to fill the air. The people are standing and they are singing! It is beautiful music to the kitten's ears.

Amazing Grace, how sweet the sound

La gatita vira y se encuentra frente a muchas personas que están sentadas mirando la fachada del edificio. Ellos notan su presencia y la asustan.

Ella sabe que necesita llegar al árbol. Entonces, se queda cerca de la pared y lentamente comienza a avanzar hasta que está cerca del árbol.

Un sonido comienza a inundar el aire. ¡La gente está parada y está cantando! La música es hermosa para los oídos de la gatita.

Sublime gracia del Señor, que dulce sonido

"Mommy, look!" a little red-headed girl in the front row pulls on her mother's coat and tries her best to whisper quietly. "Look Mommy! There's a kitten under the tree. I just know that this is the kitten that I have been wishing for, and God put that kitten under the tree for me!"

Amazing Grace, how sweet the sound

"I know! Her name must be Amazing Grace," the little girl says as her eyes dance with joy and excitement.

"¡Mami, mira!", una niña pelirroja en la primera fila tira del abrigo de su madre y hace todo lo posible para susurrar en voz baja. "¡Mira mami! Hay una gatita debajo del árbol. Solo sé que esta es la gatita que he estado deseando, ¡y Dios colocó esa gatita debajo del árbol para mí!"

Sublime gracia del Señor, que dulce sonido

"¡Lo sé! Su nombre debe ser Sublime Gracia", dice la niña mientras sus ojos brillan de alegría y emoción.

"Yes, Amazing Grace is your name," come words from that small voice that the little kitten had heard as she climbed the hill. "Amazing Grace – I like that name," said the kitten as she repeated the name over and over to herself.

"Sí, Sublime Gracia es tu nombre", surgen palabras de esa pequeña voz que la gatita había escuchado al subir la colina. "Sublime Gracia. Me gusta ese nombre", dice la gatita mientras repite el nombre una y otra vez.

The little red-headed girl has left her mother's side and crawled under the tree. Amazing Grace curls up in the lap of the little girl who keeps petting her.

Just then, the Church bells start to ring out, announcing the first minutes of the new day, of the new Christmas Day! All the people are talking excitedly and wishing each other a Merry Christmas.

La niña pelirroja se ha apartado de su madre y se ha arrastrado debajo del árbol. Sublime Gracia se acurruca en el regazo de la niña que sigue acariciándola.

En ese momento, las campanas de la iglesia comienzan a sonar, anunciando los primeros minutos del nuevo día, ¡de un nuevo día de Navidad! Toda la gente está hablando con entusiasmo y deseándose Feliz Navidad.

The red-headed girl leans over, and kisses the kitten's head. "Merry Christmas, Grace. You are the best Christmas present I ever got!" she whispers. Amazing Grace purred and purred.

La pelirroja se inclina y besa la cabeza de la gatita. "Feliz Navidad, Gracia. ¡Eres el mejor regalo de Navidad que he recibido!" susurra. Sublime Gracia ronronea.

Yes, Amazing Grace came at Christmas.

The End

Sí, Sublime Gracia vino en Navidad.

El fin

Author Biography

M.J. McCluskey, MBA, has been storytelling since she was a child. Her lifelong dream has been to write children's books. Over the years, her home has had a dog, a gerbil, a fish and even three cats all at the same time! She is the mother of two adult children and lives in York, PA.